A

Oscar Wildes zauberhaftes und melancholisches Märchen vom Fischer und seiner Seele, 1891 in Wildes Märchensammlung ›Das Granatapfelhaus‹ erschienen, stellt eine sehr interessante Variante des berühmten Meerjungfrau-Stoffes dar. Zwar scheitert die Verbindung zwischen Mensch und Meerjungfrau wie bei den früheren, zumal den klassischen Beispielen dieses Themas von de la Motte-Fouqué und Andersen an der Seele, doch anders als bei diesen scheitert sie nicht an dem Mangel an Seele auf seiten der Meerjungfrau, sondern sozusagen an ihrer Bürde auf seiten des Menschen. Um die Liebe der Nixe zu erringen, muß sich der junge Fischer seiner Seele entledigen.

Die Seele, die hinfort verstoßen durch die Welt streift, kehrt Jahr für Jahr an das Gestade des Meeres zurück, um den Fischer mit großartigen Erzählungen von der Welt wieder zur Menschenwelt zu verlocken. Sie verheißt Weisheit und Reichtümer, doch erst der Tanz einer verschleierten Schönheit, deren nackte Füße »wie kleine weiße Tauben« über den Teppich schweben, kann den Fischer verlocken, denn die kleine Meerjungfrau kann nicht tanzen.

Doch die wieder mit dem Fischer vereinigte Seele ist böse und bringt dem Fischer nur Unheil, denn da sein Herz bei seiner Liebe im Meer geblieben ist, ist seine Seele ohne Herz. Als sich die Seele durch eine weitere List wieder den Zugang zu des Fischers Herz verschafft, stirbt die kleine Meerjungfrau und aus Trauer um sie der Fischer.

Die Seele – ein sehr zweifelhafter Wert: Oscar Wilde provoziert noch immer, sogar in einem kleinen Märchen.

Oscar Wilde, der 1854 in Dublin geboren wurde und 1900 in Paris starb, entwickelte schon während seiner Studienjahre in Oxford sein Kunstprogramm des l'art pour l'art, das vom Symbolismus beeinflußt war. Wilde wurde zur führenden Figur der Bewegung des Ästhetizismus in England; als prominenter Exzentriker und Dandy lebte er ab 1879 in London. Eine Anklage wegen Homosexualität führte 1895 zu einer Zuchthausstrafe von zwei Jahren und zu Wildes gesellschaftlichem und finanziellem Ruin. Seine letzten Jahre verbrachte Wilde in Paris.
Als Dramatiker, Erzähler, Lyriker und Literaturkritiker hat Wilde ein reiches, geistreiches und in seiner Bedeutung weit über seine eigene Zeit hinausreichendes literarisches Werk geschaffen. Zu seinen bekanntesten Arbeiten gehören der Roman ›Das Bildnis des Dorian Gray‹ und seine Gesellschaftskomödien ›Bunbury‹ (›The Importance of Being Earnest‹), ›Lady Windermeres Fächer‹ und ›Der ideale Gatte‹.

Oscar Wilde
Der Fischer und seine Seele
Märchen

Aus dem Englischen von
Hannelore Neves

Fischer
Taschenbuch
Verlag

Veröffentlicht im Fischer Taschenbuch Verlag GmbH,
Frankfurt am Main, Mai 1992

Die deutsche Übersetzung von Hannelore Neves
erscheint mit freundlicher Genehmigung des
Carl Hanser Verlags, München, Wien

Satz: Fotosatz Otto Gutfreund, Darmstadt
Druck und Bindung: Clausen & Bosse, Leck
Printed in Germany
ISBN 3-596-11320-2

19.–20. Tausend: März 1995

Gedruckt auf chlor- und säurefreiem Papier

Der Fischer und seine Seele

Jeden Abend fuhr der junge Fischer hinaus auf das Meer und warf seine Netze ins Wasser. Wenn der Wind vom Land her wehte, fing er nichts oder nur wenig, denn es war ein bitterer Wind mit schwarzen Schwingen, und schwere Wellen bäumten sich ihm entgegen. Doch wenn der Wind zur Küste hin wehte, kamen die Fische aus der Tiefe herauf und schwammen in die Maschen seiner Netze, und er trug sie zum Markt und verkaufte sie.

Jeden Abend fuhr er hinaus auf das Meer, und eines Abends war das Netz so schwer, daß er es kaum ins Boot ziehen konnte. Und er lachte und sprach bei sich selber: »Sicherlich habe ich alle Fische gefangen, die schwimmen, oder eines der trägen Ungeheuer, über die die Leute sich wundern werden, oder sonst einen Gegenstand des Grauens, wonach die große Königin verlangen wird«, und er nahm alle Kraft zusammen und zog an den groben Tauen, bis die langen Adern an seinen Armen hervortraten wie Linien von blauem Email auf einem Bronzegefäß. Er zog an den dünnen Tauen, und näher und näher kam der Ring aus flachen Korken, und endlich stieg das Netz an die Oberfläche des Wassers.

Aber kein Fisch war darin, auch kein Ungeheuer noch ein Gegenstand des Grauens, sondern nur eine kleine Meerjungfer, die fest schlief. Ihr Haar war wie ein feuchtes Vlies aus Gold, und jedes einzelne Haar wie ein Faden aus lauterem Gold in einer gläsernen Schale. Ihr Leib war wie weißes Elfenbein, ihr Schwanz aus Silber und Perlmutt. Aus Silber und Perlmutt war ihr Schwanz, und grüner Seetang schlang sich darum; und wie Seemuscheln waren ihre Ohren und ihre Lippen wie Meerkorallen. Die kalten Wogen schlugen über ihre kalten Brüste, und das Salz glitzerte auf ihren Augenlidern.

So schön war sie, daß der junge Fischer bei ihrem Anblick von Staunen erfüllt wurde, und er streckte seine Hand aus und zog das Netz nahe zu sich heran, lehnte sich über den Bootsrand und umfaßte sie mit seinen Armen. Und als er sie berührte, stieß sie einen Schrei aus wie eine aufgescheuchte Möwe, erwachte und blickte ihn mit malven- und amethystfarbenen Augen voll Entsetzen an und wand sich, um ihm zu entkommen. Er aber drückte sie fest an sich und wollte sie nicht von sich lassen.

Und da sie merkte, daß sie ihm auf keine Art entfliehen konnte, fing sie an zu weinen und sprach:

»Ich bitte dich, laß mich gehen, denn ich bin eines Königs einzige Tochter, und mein Vater ist alt und einsam.«

Aber der junge Fischer antwortete: »Ich lasse dich nicht gehen, es sei denn, du gibst mir das Versprechen, daß du kommst, wann immer ich dich rufe, und für mich singst, denn die Fische lauschen gern dem Gesang des Meervolks, und so werden meine Netze sich füllen.«

»Wirst du mich wahrhaftig gehen lassen, wenn ich dir das verspreche?« rief die Meerjungfer.

»Ich werde dich wahrhaftig gehen lassen«, sagte der junge Fischer. So gab sie ihm das Versprechen, das er verlangte, und beschwor es mit dem Eid des Meervolks. Und er löste seine Arme von ihrem Leib, und sie sank nieder ins Wasser und erzitterte in fremdartiger Furcht.

Jeden Abend fuhr der junge Fischer hinaus auf das Meer und rief nach der Meerjungfer, und sie stieg aus dem Wasser und sang für ihn. Rund um sie herum schwammen die Delphine, und die wilden Möwen kreisten über ihrem Kopf.

Und sie sang ein herrliches Lied. Denn sie sang vom Meervolk, das seine Herden von Höhle zu Höhle treibt und die kleinen Kälber auf der Schulter trägt; von den Tritonen mit langen, grünen Bärten und einer behaarten Brust, die in gewundene Muschelhörner blasen, wenn der König vorbeizieht; vom Palast des Königs, der ganz aus Bernstein ist, mit einem Dach aus klarem Smaragd und einem Boden aus strahlenden Perlen; und von den Gärten der See, wo die großen Filigranfächer der Korallen den ganzen Tag auf und nieder wallen und die Fische umherflitzen gleich silbernen Vögeln und die Anemonen sich an den Felsen schmiegen und in geribbtem, gelbem Sand die Nelken knospen. Sie sang von den Sirenen, die von so herrlichen Dingen sagen, daß die Kaufleute ihre Ohren mit Wachs verstopfen müssen, damit sie sie nicht hören und ins Wasser springen und ertrinken; von den versunkenen Galeeren mit ihren hohen Masten, und den erfrorenen Matrosen, die sich ans Takelwerk klammern, und den Makrelen, die durch die offenen Bullaugen aus und ein schwimmen; von den kleinen Entenmuscheln, die große Reisen machen, sich an die Kiele der Schiffe heften und rund um die weite Welt fahren; und von den Tintenfischen, die an den Rändern der Klippen leben und ihre langen schwarzen Arme ausstrecken und Nacht machen können, wann sie wollen. Sie sang vom Nautilus, der ein eigenes Boot hat, aus einem Opal geschnitzt und gesteuert mit einem seidenen Segel; von den glücklichen Meermännern, die auf der Harfe spielen und den großen Kraken in Schlaf zaubern können; von den kleinen Kindern, die die glitschigen Meerschweinchen einfangen und lachend auf ihren Rücken reiten; von den Meerjungfrauen, die im weißen Gischt liegen und ihre Arme ausstrecken nach den Matrosen; von den Seelöwen mit ihren krummen Fangzähnen und von den Seepferden mit ihren dahintreibenden Mähnen.

Und wie sie so sang, kamen alle die Thunfische aus der Tiefe herauf, um ihr zu lauschen, und der junge Fischer warf seine Netze um sie und fing sie, und andere erlegte er mit dem Speer. Und wenn sein Boot wohlgeladen war, sank die Meerjungfer hinab ins Meer und lächelte ihm zu.

Niemals jedoch kam sie ihm so nahe, daß er sie hätte berühren können. Oft rief er sie und flehte sie an, aber sie kam nicht; und wenn er sie zu fassen suchte, tauchte sie wie eine Robbe ins Wasser und ließ sich den ganzen Tag nicht mehr sehen. Und jeden Tag wurde der Klang ihrer Stimme seinen Ohren süßer. So süß war ihre Stimme, daß er seiner Netze und seiner List vergaß und sich nicht kümmerte um sein Handwerk. Mit zinnoberroten Flossen und Augen aus gebuckeltem Gold schwammen die Thunfische in Scharen vorbei, er aber beachtete sie nicht. Müßig lag der Speer an seiner Seite, und seine Körbe aus Weidengeflecht blieben

leer. Mit offenem Mund und vor Staunen dunklen Augen saß er reglos in seinem Boot und lauschte und lauschte, bis die Seenebel um ihn krochen und der wandernde Mond seine braunen Glieder silbern färbte.
Und eines Abends rief er sie und sprach: »Kleine Meerjungfer, kleine Meerjungfer, ich liebe dich. Nimm mich zu deinem Bräutigam, denn ich liebe dich.«
Aber die Meerjungfer schüttelte den Kopf. »Du hast eine menschliche Seele«, antwortete sie. »Wenn du nur deine Seele fortsenden wolltest, dann könnte ich dich lieben.«
Und der junge Fischer sprach bei sich selber: »Was nützt mir meine Seele? Ich kann sie nicht sehen. Ich kann sie nicht berühren. Ich kenne sie nicht. Wahrlich, ich will sie von mir senden, und große Freude wird meiner warten.« Und ein Freudenruf brach von seinen Lippen, er stand auf in dem bunten Boot und streckte seine Arme aus nach der Meerjungfer. »Ich will meine Seele fortsenden«, rief er, »und du sollst meine Braut sein und ich dein Bräutigam, und in den Tiefen des Meeres werden wir zusammen wohnen, und alles, wovon du gesungen hast, sollst du mir zeigen, und alles, was du begehrst, will ich tun, und nichts soll unsere Leben trennen.«

Und die kleine Nixe lachte vor Vergnügen und barg das Gesicht in ihren Händen.

»Aber wie soll ich meine Seele von mir senden?« rief der junge Fischer. »Sag mir, wie ich es tun kann, und siehe! es wird geschehen!«

»Ach! Ich weiß es nicht«, sprach die kleine Meerjungfer. »Das Meervolk hat keine Seelen.« Und sie sank hinab in die Tiefe und blickte ihn sehnsuchtsvoll an.

Früh am nächsten Morgen, bevor die Sonne die Spanne einer Manneshand hoch über dem Hügel stand, ging der junge Fischer zum Haus des Priesters und klopfte dreimal an die Tür.

Der Novize schaute durchs Guckloch heraus, und als er sah, wer es war, schob er den Riegel zurück und sprach: »Tritt ein.« Und der junge Fischer trat ein und kniete auf den süßduftenden Binsen des Bodens nieder und rief den Priester an, der aus der Heiligen Schrift las, und sprach zu ihm: »Vater, ich liebe eine aus dem Meervolk, und meine Seele hindert mich, nach meiner Lust zu tun. Sag mir, wie ich meine Seele von mir sende, denn fürwahr, ich bedarf ihrer nicht. Welchen Wert hat meine Seele für mich? Ich kann sie nicht sehen. Ich kann sie nicht berühren. Ich kenne sie nicht.«

Und der Priester schlug sich die Brust und antwortete: »Wehe, wehe, dein Geist ist irr, oder du hast von giftigen Kräutern gegessen; denn die Seele ist des Menschen edelster Teil, uns von Gott gegeben, auf daß wir uns ihrer in edler Weise bedienen. Kein kostbarer Ding ist als eine menschliche Seele, nichts Irdisches kann sie aufwiegen. Alles Gold ist sie wert, das in der Welt ist, wertvoller ist sie als die Rubine der Könige. Deshalb, mein Sohn, denk nicht weiter daran, denn dies ist eine Sünde, die nicht vergeben wird. Und was das Meervolk anlangt, so sind sie alle verloren, und verloren ist, wer Umgang pflegt mit ihnen. Sie sind wie die Tiere des Feldes, die nicht das Gute vom Üblen scheiden, und für sie ist der Herr nicht gestorben.«

Als er die bitteren Worte des Priesters hörte, füllten die Augen des jungen Fischers sich mit Tränen, und er erhob sich von den Knien und sprach zu ihm: »Vater, die Faune leben im Wald und sind froh, und auf den Klippen sitzen die Meermänner mit ihren Harfen aus rotem Gold. Laß mich sein wie sie, ich flehe dich an, denn ihre Tage sind wie die Tage der Blumen. Und meine Seele, was nützt sie mir, wenn sie zwischen mir steht und dem, was ich liebe?«

»Nichtswürdig ist die Liebe des Leibes«, rief der Priester und zog die Brauen zusammen, »und verächtlich und böse sind die heidnischen Wesen, die

Gott durch Seine Welt wandern läßt. Fluch über die Faune des Waldes, und Fluch über die Sänger des Meeres! Zur Nachtzeit habe ich sie gehört, und sie haben mich von meinem Rosenkranz wegzulocken gesucht. Sie klopfen ans Fenster und lachen. Ins Ohr raunen sie mir die Mär ihrer verderblichen Wonnen. Sie versuchen mich mit Versuchungen, und wenn ich bete, schneiden sie mir Fratzen. Verloren sind sie, sage ich dir, sie sind verloren. Für sie gibt es weder Himmel noch Hölle, und weder da noch dort sollen sie den Namen Gottes preisen.«

»Vater«, rief der junge Fischer, »du weißt nicht, was du sagst. Einmal fing ich eine Königstochter in meinem Netz. Sie ist schöner als der Morgenstern und weißer als der Mond. Für ihren Leib will ich meine Seele hingeben, und für ihre Liebe den Himmel abtreten. Sage mir, worum ich dich bitte, und laß mich in Frieden ziehen.«

»Hinweg! Hinweg!« schrie der Priester. »Deine Buhle ist verloren, und du sollst mit ihr verloren sein.« Und er gab ihm keinen Segen, sondern jagte ihn von seiner Tür.

Und der junge Fischer ging hinunter auf den Marktplatz, und er ging langsam, mit gebeugtem Kopf, wie jemand, der ein Leid trägt. Und als die Kaufleute ihn kommen sahen, begannen sie, mit-

einander zu tuscheln, und einer von ihnen ging ihm entgegen und rief ihn beim Namen und sprach zu ihm: »Was hast du zu verkaufen?«
»Ich will dir meine Seele verkaufen«, antwortete er. »Ich bitte dich, kauf sie mir ab, denn ich bin ihrer müde. Was nützt mir meine Seele? Ich kann sie nicht sehen. Ich kann sie nicht berühren. Ich kenne sie nicht.«
Aber die Kaufleute verhöhnten ihn und sprachen: »Was nützt denn uns eines Menschen Seele? Keine gekippte Silbermünze ist sie wert. Verkaufe uns deinen Leib als Sklave, und wir wollen dich in Seepurpur kleiden und einen Ring an deinen Finger stecken und dich zum Liebling der großen Königin machen. Aber rede uns nicht von der Seele, denn uns ist sie ein Nichts, noch besitzt sie Wert für unser Geschäft.«
Und der junge Fischer sprach bei sich selber: »Wie seltsam! Der Priester sagt, die Seele sei alles Gold der Welt wert, und die Kaufleute sagen, sie sei weniger wert als eine gekippte Silbermünze.« Und er verließ den Marktplatz und ging hinunter ans Gestade des Meeres und begann zu überlegen, was er tun sollte.
Und zu Mittag fiel ihm ein, wie einer seiner Gefährten, der ein Sammler von Meerfenchel gewesen, ihm von einer jungen Hexe erzählt hatte, die

am Ende der Bucht in einer Höhle wohnte und in Hexenkünsten sehr beschlagen war. Und er machte sich auf und rannte, so begierig war er, seine Seele loszuwerden, und wie er rund um das Ufer der Bucht lief, folgte ihm eine Staubwolke. Am Jucken ihrer hohlen Hand erriet die junge Hexe, daß er kam, und sie lachte und löste ihr rotes Haar. Umwallt von ihrem roten Haar stand sie am Eingang der Höhle, und in der Hand hielt sie einen blühenden Zweig von wildem Schierling.

»Was brauchst? Was brauchst?« rief sie, als er keuchend den Abhang heraufkam und sich vor ihr neigte. »Fische für dein Netz, wenn der Wind flau ist? Ich habe eine kleine Rohrpfeife, und wenn ich darauf blase, kommen die Meeräschen in die Bucht gezogen. Aber sie hat ihren Preis, schöner Knabe, sie hat ihren Preis. Was brauchst? Was brauchst? Einen Sturm, der die Schiffe scheitern läßt und Kisten voll reicher Schätze ans Land spült? Ich habe mehr Stürme als der Wind, denn ich diene einem, der stärker ist als dieser, und mit einem Sieb und einem Eimer Wasser kann ich die großen Galeeren in den Meeresgrund schicken. Aber es hat seinen Preis, schöner Knabe, es hat seinen Preis. Was brauchst? Was brauchst? Ich weiß eine Blume, die blüht im Tal, keiner kennt sie, nur ich. Purpurne Blätter hat sie und einen Stern im Herzen, und ihr

Saft ist weiß wie Milch. Berührtest du mit dieser Blume die harten Lippen der Königin, durch die ganze Welt würde sie dir folgen. Heraus aus dem Bett des Königs würde sie steigen, und durch die ganze Welt würde sie dir folgen. Und das hat seinen Preis, schöner Knabe, das hat seinen Preis. Was brauchst? Was brauchst? Ich kann eine Kröte im Mörser zerstampfen und Brühe daraus machen, und die Brühe rühren mit der Hand eines Toten. Sprenge sie auf deinen Feind, wenn er schläft, und er wird zu einer schwarzen Natter werden, und seine eigene Mutter wird ihn erschlagen. Mit einem Rad kann ich den Mond vom Himmel ziehen und in einem Kristall dir den Tod zeigen. Was brauchst? Was brauchst? Sag mir, was du begehrst, und ich will es dir geben, und du sollst mir einen Preis zahlen, schöner Knabe, sollst mir einen Preis zahlen.«

»Mein Wunsch geht nur nach einem kleinen Ding«, sagte der junge Fischer, »und doch hat der Priester mir gezürnt und mich fortgejagt. Es ist nur nach einem kleinen Ding, und doch haben die Kaufleute mich verhöhnt und mir's versagt. Deshalb komme ich zu dir, wenn auch die Menschen dich böse nennen, und was dein Preis auch sei, ich will ihn zahlen.«

»Was willst du?« fragte die Hexe und kam näher.

»Ich will meine Seele von mir senden«, antwortete der junge Fischer.
Die Hexe erbleichte und schauerte und verbarg ihr Gesicht in ihrem blauen Umhang. »Schöner Knabe, schöner Knabe«, murmelte sie, »furchtbar ist, was du tun willst.«
Er schüttelte seine braunen Locken und lachte. »Meine Seele achte ich für nichts«, erwiderte er. »Ich kann sie nicht sehen. Ich kann sie nicht berühren. Ich kenne sie nicht.«
»Was willst du mir geben, wenn ich es dir verrate?« fragte die Hexe und blickte mit ihren schönen Augen auf ihn nieder.
»Fünf Goldstücke«, entgegnete er, »und meine Netze und das Haus aus Flechtwerk, in dem ich wohne, und das bunte Boot, mit dem ich aufs Meer fahre. Sag mir nur, wie ich meine Seele loswerde, und ich will dir alles geben, was ich besitze.«
Spöttisch lachte sie ihm ins Gesicht und schlug ihn mit dem Schierlingszweig. »Ich kann die Blätter des Herbstes in Gold verwandeln«, antwortete sie, »und ich kann die bleichen Mondstrahlen zu Silber weben, wenn ich es will. Er, dem ich diene, ist reicher als alle Könige dieser Welt, und er herrscht über ihre Länder.«
»Was sonst soll ich dir geben«, rief er, »wenn dein Preis nicht Gold noch Silber ist?«

Mit ihrer schmalen weißen Hand strich die Hexe ihm übers Haar. »Du mußt mit mir tanzen, schöner Knabe«, murmelte sie und lächelte ihm zu, während sie sprach.

»Nichts als das?« rief der junge Fischer verwundert aus und stand auf.

»Nichts als das«, antwortete sie und lächelte ihm wieder zu.

»Dann wollen wir bei Sonnenuntergang an einem geheimen Ort miteinander tanzen«, sagte er, »und wenn wir getanzt haben, sollst du mir sagen, was ich zu wissen begehre.«

Sie schüttelte den Kopf. »Wenn der Mond voll ist, wenn der Mond voll ist«, murmelte sie. Dann spähte sie um sich und horchte. Ein blauer Vogel erhob sich schreiend aus seinem Nest und kreiste über den Dünen, und drei gefleckte Vögel raschelten durch das harte, graue Gras und pfiffen einander zu. Sonst war kein Laut zu hören, außer dem Laut einer Woge, die sich unten an den glatten Kieselsteinen rieb. Da streckte sie ihre Hand aus und näherte sich ihm und brachte ihre trockenen Lippen nahe an sein Ohr.

»Heut nacht mußt du kommen, zum Gipfel des Berges«, flüsterte sie. »Sabbath ist, und Er wird dort sein.«

Der junge Fischer fuhr zusammen und sah sie an,

und sie zeigte ihre weißen Zähne und lachte. »Wer ist Er, von dem du sprichst?« fragte er.
»Was liegt daran?« antwortete sie. »Komm du heut nacht und steh unter den Ästen der Hainbuche und warte, bis ich komme. Wenn ein schwarzer Hund auf dich zuläuft, schlag ihn mit einer Weidenrute, und er wird von dir ablassen. Wenn eine Eule dich anruft, gib ihr keine Antwort. Wenn der Mond voll ist, bin ich bei dir, und auf dem Gras wollen wir miteinander tanzen.«
»Aber schwörst du, mir zu sagen, wie ich meine Seele von mir senden kann?« drang er in sie.
Sie trat hinaus ins Sonnenlicht, und der Wind schlängelte sich durch ihr rotes Haar. »Bei den Hufen des Geißbocks, ich schwöre es«, gab sie zur Antwort.
»Du bist die beste der Hexen«, rief der junge Fischer, »und gewiß will ich heute nacht auf dem Gipfel des Berges mit dir tanzen. Ich wünschte zwar, du hättest Gold oder Silber von mir verlangt. Doch was dein Preis auch sei, du sollst ihn haben, denn es ist nur ein Kleines.« Und er zog seine Mütze vor ihr und neigte tief sein Haupt, und von großer Freude erfüllt lief er zurück in die Stadt.
Und die Hexe sah ihm nach, wie er ging, und als er ihr aus den Augen war, trat sie in ihre Höhle; und

sie nahm aus einer Lade von geschnitzter Zeder einen Spiegel und stellte ihn auf einen Balken, und auf glühenden Holzkohlen verbrannte sie davor Eisenkraut und spähte durch das Gekringel des Rauchs. Und nach einer Weile ballte sie die Hände im Zorn. »Mein hätte er werden müssen«, murmelte sie heiser. »Ich bin so schön wie sie.«
Und diesen Abend, als der Mond aufgegangen war, stieg der junge Fischer hinauf zum Gipfel des Berges und stellte sich unter die Äste der Hainbuche. Wie ein Schild von blankem Metall lag das Rund des Meeres zu seinen Füßen, und die Schatten der Fischerboote trieben in der kleinen Bucht. Eine große Eule mit gelben, schwefeligen Augen rief ihn beim Namen, aber er gab ihr keine Antwort. Ein schwarzer Hund lief auf ihn zu und knurrte. Er schlug ihn mit einer Weidenrute, und jaulend lief der Hund weg.
Um Mitternacht kamen wie Fledermäuse die Hexen durch die Luft geflogen. »Hui!« riefen sie, als sie auf die Erde herabstießen, »hier ist einer, den wir nicht kennen!« Und sie schnüffelten umher, schwatzten miteinander und winkten einander zu. Als allerletzte kam die junge Hexe, und ihr rotes Haar flatterte im Wind. Sie trug ein Kleid aus Goldgewebe, mit Pfauenaugen bestickt, und eine kleine Mütze aus grünem Samt saß auf ihrem Kopf.

»Wo ist er, wo ist er?« kreischten die Hexen, als sie sie sahen, aber sie lachte nur und lief zur Hainbuche, nahm den Fischer an der Hand, führte ihn hinaus ins Mondlicht und begann zu tanzen. Rundherum im Kreis wirbelten sie, und die junge Hexe sprang so hoch, daß er die scharlachroten Absätze ihrer Schuhe sehen konnte. Dann kam quer durch die Tanzenden das Geräusch eines galoppierenden Pferdes, aber kein Pferd war zu sehen, und er fürchtete sich.
»Schneller«, rief die Hexe, und sie warf ihre Arme um seinen Nacken, und ihr Atem war heiß auf seinem Gesicht. »Schneller, schneller!« rief sie, und die Erde schien sich unter seinen Füßen zu drehen, und sein Hirn trübte sich, und eine große Angst überfiel ihn, wie vor Bösem, das ihn belauerte, und endlich gewahrte er, daß unter dem Schatten eines Felsens eine Gestalt war, die zuvor nicht dort gewesen. Es war ein Mann, gekleidet in ein Gewand aus schwarzem Samt, nach spanischer Mode geschnitten. Sein Gesicht war seltsam bleich, aber seine Lippen waren wie eine stolze rote Blume. Er schien müde, lehnte sich zurück und tändelte achtlos mit dem Knauf seines Dolches. Im Gras neben ihm lagen ein Federhut und ein Paar Reithandschuhe, mit vergoldeten Schnüren besetzt und mit Staubperlen bestickt, die sich zu einem wunder-

lichen Muster fügten. Ein kurzer, mit Zobel gesäumter Umhang hing von seiner Schulter, und seine feinen weißen Hände waren mit Ringen besetzt. Schwere Lider senkten sich über seine Augen.

Der junge Fischer starrte ihn an, als bannte ihn ein Zauber. Endlich trafen ihre Augen einander, und wo er auch tanzte, stets war ihm, als folgten ihm die Augen des Mannes. Er hörte die Hexe lachen und griff sie um den Leib und wirbelte sie wie rasend um und um.

Plötzlich bellte ein Hund im Wald, und die Tänzer hielten inne und gingen in Paaren hin, knieten nieder und küßten des Mannes Hände. Als sie dies taten, berührte der Anflug eines Lächelns seine stolzen Lippen, wie eines Vogels Schwinge das Wasser berührt, daß es sich lachend kräuselt. Doch lag Verachtung darin. Noch immer war sein Blick auf den jungen Fischer gerichtet.

»Komm! Laß uns anbeten«, raunte die Hexe, und sie führte ihn hin, und eine große Begierde erfaßte ihn, zu tun, was sie verlangte, und er folgte ihr. Doch als er nahe heran war, schlug er, ohne zu wissen warum, auf seiner Brust das Zeichen des Kreuzes und sprach den heiligen Namen aus.

Kaum hatte er das getan, so kreischten die Hexen auf wie Falken und flogen hinweg, und das bleiche

Gesicht, das ihn angeblickt, zuckte in einem Schmerzenskrampf. Der Mann schritt hinüber zu einem kleinen Gehölz und pfiff. Ein kleines spanisches Pferd mit silbernem Geschirr kam ihm entgegengetrabt. Als er sich in den Sattel schwang, wandte er sich um und blickte den jungen Fischer traurig an.
Und die Hexe mit den roten Haaren versuchte ebenfalls wegzufliegen, aber der Fischer packte sie bei den Handgelenken und hielt sie fest.
»Gib mich frei«, rief sie, »und laß mich gehen. Denn du hast ausgesprochen, was nicht ausgesprochen werden soll, und jenes Zeichen gezeigt, das nicht erblickt werden darf.«
»O nein«, erwiderte er, »ich lasse dich nicht gehen, du sagtest mir denn das Geheimnis.«
»Welches Geheimnis?« sagte die Hexe, rang mit ihm wie eine wilde Katze und biß sich auf die schaumgefleckten Lippen.
»Du weißt es«, gab er zur Antwort.
Ihre grasgrünen Augen wurden trüb vor Tränen, und sie sagte zum Fischer: »Verlange alles von mir, nur dies nicht.«
Er lachte und hielt sie nur um so fester.
Und als sie sah, daß sie sich nicht befreien konnte, flüsterte sie ihm zu: »Ich bin wohl auch so schön wie die Tochter der See und so anmutig wie sie, die

in den blauen Wassern wohnen«, und schmeichelnd schmiegte sie sich an ihn und brachte ihr Gesicht dicht an das seine.
Er aber stieß sie finster zurück und sprach: »Wenn du nicht das Versprechen hältst, das du mir gegeben, will ich dich als eine falsche Hexe erschlagen.«
Sie wurde grau wie die Blüte des Judasbaumes und erschauerte. »Sei es denn«, murmelte sie. »Es ist deine Seele und nicht meine. Mach damit, was du willst.« Und sie zog aus ihrem Gürtel ein kleines Messer mit einem Griff aus grüner Natternhaut und gab es ihm.
»Wozu soll mir das dienen?« fragte er verwundert.
Eine kleine Weile schwieg sie, und ein Ausdruck des Entsetzens flog über ihr Gesicht. Dann strich sie ihr Haar aus der Stirn zurück, lächelte ihn seltsam an und sagte: »Was die Menschen den Schatten des Leibes nennen, ist nicht der Schatten des Leibes, sondern der Leib der Seele. Stelle dich ans Ufer des Meeres mit dem Rücken zum Mond und schneide rund um deine Füße deinen Schatten weg, der der Leib deiner Seele ist, und heiß deine Seele, dich zu verlassen, und sie wird es tun.«
Der junge Fischer zitterte. »Ist das wahr?« murmelte er.

»Es ist wahr, und ich wollte, ich hätte es dir nicht gesagt«, rief sie und umfaßte weinend seine Knie.
Er schob sie von sich und ließ sie im üppigen Gras, trat an des Gipfels Rand, steckte das Messer in seinen Gürtel und begann hinabzusteigen.
Und seine Seele, die in ihm war, rief heraus zu ihm und sprach: »Siehe! Alle diese Jahre habe ich bei dir gewohnt und war deine Dienerin. Sende mich jetzt nicht von dir; denn was habe ich dir Übles getan?«
Und der junge Fischer lachte. »Du hast mir nichts Übles getan, aber ich brauche dich nicht«, antwortete er. »Die Welt ist weit, und da sind der Himmel und auch die Hölle und jenes trübe, dämmrige Haus, das zwischen beiden liegt. Gehe, wohin du willst, aber belästige mich nicht, denn meine Liebste ruft nach mir.«
Und seine Seele beschwor ihn flehentlich, aber er achtete ihrer nicht, sondern sprang wie eine wilde Ziege mit sicherem Fuß von Klippe zu Klippe, und endlich erreichte er ebenen Grund und das gelbe Gestade des Meeres.
Mit bronzenen Gliedern und anmutiger Gestalt, gleich einer von den Griechen geformten Statue, stand er am Strand, den Rücken zum Mond gekehrt, und aus dem Gischt hoben sich weiße Arme, die ihm zuwinkten, und aus den Wogen er-

hoben sich Nebelgestalten, die ihm huldigten. Vor ihm lag sein Schatten, der der Leib seiner Seele war, und hinter ihm hing der Mond in der honigfarbenen Luft. Und seine Seele sprach zu ihm: »Wenn du mich denn wirklich von dir treiben mußt, so sende mich nicht ohne Herz fort. Die Welt ist grausam, gib mir dein Herz, daß ich es mitnehmen kann.«

Er schüttelte seinen Kopf und lächelte. »Womit sollte ich meine Liebste lieben, wenn ich dir mein Herz gäbe?« rief er.

»Ach, habe Erbarmen mit mir«, bat die Seele. »Gib mir dein Herz, denn die Welt ist sehr grausam, und ich fürchte mich.«

»Mein Herz gehört meiner Liebsten«, antwortete er, »daher verweile nicht, sondern gehe mir aus den Augen.«

»Soll nicht auch ich lieben?« fragte seine Seele.

»Hebe dich hinweg, denn ich bedarf deiner nicht«, rief der junge Fischer, und er nahm das kleine Messer mit dem Griff aus grüner Natternhaut, und rings um seine Füße schnitt er seinen Schatten weg, und der Schatten erhob sich und stand vor ihm und blickte ihn an, und es war einer gerade so wie der andere.

Der Fischer wich zurück und stieß das Messer in seinen Gürtel, und ein Gefühl des Grauens überkam ihn. »Hebe dich hinweg«, murmelte er, »und laß mich dein Gesicht nicht mehr sehen.«

»Und doch müssen wir einander wiederbegegnen«, versetzte die Seele. Ihre Stimme war leise und flötengleich, und wenn sie sprach, bewegten sich kaum ihre Lippen.

»Wie sollten wir einander wiederbegegnen?« rief der junge Fischer. »Du willst mir doch nicht folgen in die Tiefen des Meeres?«

»Einmal im Jahr will ich an diesen Ort hier kommen und dich rufen«, erwiderte die Seele. »Vielleicht, daß du dann meiner bedarfst.«

»Wie sollte ich deiner bedürfen?« rief der junge Fischer. »Doch es sei, wie du willst«, und er tauchte hinab in die Flut, und die Tritonen stießen in ihre Hörner, und die kleine Meerjungfer kam herauf, ihm entgegen, und sie schlang ihre Arme um seinen Hals und küßte ihn auf den Mund.

Und die Seele stand am einsamen Strand und sah ihnen zu. Und als sie hinuntergesunken waren ins Meer, ging sie weinend über die Marschen davon.

Und als ein Jahr vorüber war, kam die Seele herab ans Gestade des Meeres und rief den jungen Fischer, und er stieg empor aus der Tiefe und sagte: »Weshalb rufst du mich?« Und die Seele antwortete: »Komm näher, auf daß ich mit dir rede, denn ich habe wunderbare Dinge gesehen.«

Da kam er näher und lagerte sich im seichten Wasser, stützte den Kopf in die Hand und lauschte.

Und die Seele sagte zu ihm: »Als ich dich verlassen hatte, wandte ich mein Antlitz nach Osten und wanderte. Aus dem Osten kommt alles, was weise ist. Sechs Tage wanderte ich, und am Morgen des siebenten Tages gelangte ich an einen Hügel, der im Land der Tataren liegt. Im Schatten eines Tamariskenbaumes setzte ich mich nieder, um Schutz vor der Sonne zu suchen. Das Land war dürr und ganz versengt von der Hitze. Menschen bewegten sich auf der Ebene hin und her wie Fliegen, die über eine blanke Kupferscheibe kriechen.

Zur Mittagsstunde erhob sich am flachen Horizont des Landes eine Wolke von rotem Staub. Als die Tataren sie gewahrten, spannten sie ihre be-

malten Bogen, schwangen sich auf ihre kleinen Pferde und jagten ihr entgegen. Kreischend flohen die Weiber zu den Wagen und versteckten sich hinter Vorhängen aus Fellen.
In der Dämmerung kehrten die Tataren zurück, aber fünf von ihnen fehlten, und von denen, die zurückgekommen, waren nicht wenige verwundet. Sie schirrten ihre Pferde vor die Wagen und zogen eilig davon. Drei Schakale kamen aus einer Höhle und schauten ihnen nach. Dann witterten sie mit ihren Nüstern in die Luft und trotteten in die entgegengesetzte Richtung davon.
Als der Mond aufging, sah ich ein Lagerfeuer auf der Ebene brennen und ging darauf zu. Rund um das Feuer auf Teppichen saß eine Gesellschaft von Kaufleuten. Ihre Kamele waren hinter ihnen angepflockt, und die Neger, die ihre Diener waren, stellten Zelte aus gegerbten Häuten im Sand auf und errichteten einen hohen Wall aus Opuntien.
Als ich mich ihnen genähert hatte, erhob sich der Oberste der Händler, zog sein Schwert und fragte mich nach meinem Begehr.
Ich erwiderte, ich sei ein Fürst in meinem Land und den Tataren entflohen, die getrachtet hätten, mich zu ihrem Sklaven zu machen. Der Anführer lächelte und wies auf fünf Köpfe, die auf hohen Bambusstangen staken.

Dann fragte er mich, wer der Prophet Gottes sei, und ich antwortete: Mohammed.
Als der den Namen des falschen Propheten hörte, verneigte er sich, nahm mich bei der Hand und hieß mich an seiner Seite sitzen. Ein Neger brachte mir Stutenmilch in einer hölzernen Schale und ein Stück gebratenen Lammfleisches.
Bei Tagesanbruch machten wir uns auf die Reise. Ich ritt auf einem rothaarigen Kamel an der Seite des Anführers, und ein Läufer, der einen Speer trug, lief vor uns her. Links und rechts von uns schritten die Krieger, und die Maultiere folgten mit den Waren. Vierzig Kamele zählte ich, und die Maultiere waren zweimal vierzig an der Zahl.
Wir zogen vom Land der Tataren ins Land derer, die den Mond verfluchen. Auf den weißen Felsen sahen wir die Greife ihr Gold hüten und die schuppigen Drachen in ihren Höhlen schlafen. Wenn wir über die Gebirge stiegen, hielten wir den Atem an, daß der Schnee nicht auf uns fiele, und jeder von uns band sich einen Gazeschleier vor die Augen. Wenn wir durch die Täler kamen, schossen aus den Höhlungen der Bäume die Pygmäen mit Pfeilen nach uns, und zur Nachtzeit hörten wir die Wilden ihre Trommeln schlagen. Als wir zum Turm der Affen kamen, stellten wir Früchte vor sie

hin, und sie taten uns kein Leid. Als wir zum Turm der Schlangen kamen, gaben wir ihnen warme Milch in Messingschalen, und sie ließen uns vorüberziehen. Dreimal auf unserer Reise stießen wir an die Ufer des Oxus. Wir überquerten ihn auf Flößen aus Holz und prallen Schwimmblasen aus Tierhäuten. Die Flußpferde wüteten gegen uns und wollten uns töten. Wenn die Kamele sie sahen, so zitterten sie.

Die Könige einer jeden Stadt erhoben Zoll von uns, verwehrten uns aber, durch ihre Tore zu schreiten. Sie warfen uns Brot über die Mauern, kleine, in Honig gebackene Maiskuchen, und Kuchen aus feinem Mehl, mit Datteln gefüllt. Für jedes Hundert Körbe gaben wir ihnen eine Bernsteinperle.

Wenn die Bewohner der Dörfer uns kommen sahen, vergifteten sie die Brunnen und flohen auf die Berggipfel. Wir kämpften gegen die Magadäer, die alt zur Welt kommen und jedes Jahr jünger und jünger werden und sterben, wenn sie kleine Kinder sind; und gegen die Laktroiten, die von sich sagen, sie wären die Söhne von Tigern, und sich selber gelb und schwarz bemalen; und gegen die Auranten, die ihre Toten in den Wipfeln der Bäume bestatten und selbst in dunklen Höhlen leben, auf daß die Sonne, die ihr Gold ist, sie nicht töte; und gegen die Krimnier, die ein Krokodil anbeten und ihm Ohrringe aus grünem Gras geben und es mit Butter und frischem Geflügel nähren; und gegen die Agazomben, die Hundsgesichtigen, und gegen die Silbaner, die Pferdefüße haben und schneller laufen als Pferde. Ein Dritteil unserer Schar fiel in der Schlacht, und ein Dritteil erlag dem Mangel. Die übrigen murrten gegen mich und sagten, ich hätte ihnen Unglück gebracht. Da griff ich unter einen Stein, holte eine Hornviper hervor und ließ mich von ihr stechen. Als sie sahen, daß ich davon nicht erkrankte, erschraken sie.

Im vierten Monat erreichten wir die Stadt Illel. Es war Nacht, als wir bei dem Hain anlangten, der außerhalb ihrer Mauern liegt, und die Luft war schwül, denn der Mond stand im Zeichen des Skorpions. Wir pflückten die reifen Granatäpfel von den Bäumen und brachen sie auf und tranken ihren süßen Saft. Dann legten wir uns nieder auf unsere Teppiche und warteten auf die Morgendämmerung.

Und in der Morgendämmerung erhoben wir uns und klopften ans Tor der Stadt. Es war aus roter Bronze geschmiedet und mit Seedrachen und Drachen, die Flügel haben, ziseliert. Die Wächter blickten von ihren Zinnen herab und fragten nach

unserem Begehr. Der Dolmetscher der Karawane erwiderte, wir kämen mit viel Ware von der Insel Syrien.
Sie nahmen Geiseln und sagten, sie wollten zu Mittag das Tor für uns öffnen, und hießen uns bis dahin warten.
Als es Mittag war, öffneten sie das Tor, und als wir die Stadt betraten, kamen die Menschen in Scharen aus den Häusern, uns anzugaffen, und ein Ausrufer ging durch die ganze Stadt und rief durch eine Muschel. Wir standen auf dem Marktplatz, und die Neger schnürten die bunten Stoffballen auf und öffneten die geschnitzten Kästen aus Sykomorenholz. Und als sie damit geendet hatten, breiteten die Händler ihre seltenen Waren aus: gewachstes Linnen aus Ägypten, gefärbtes Linnen aus dem Land der Äthiopier, Purpurschwämme aus Tyrus und blaue Wandbehänge aus Sidon, Schalen aus kühlem Bernstein, feine Gefäße aus Glas und seltsame Gefäße aus gebranntem Ton. Vom Dach eines Hauses sah uns eine Schar von Frauen zu. Eine von ihnen trug eine Maske aus vergoldetem Leder.
Und am ersten Tag kamen die Priester und tauschten mit uns, und am zweiten Tag kamen die Vornehmen, und am dritten Tag kamen die Handwerker und die Sklaven. Und so ist es bei ihnen Brauch

mit allen Kaufleuten, solange sie in ihrer Stadt weilen.
Und wir verweilten einen Mond lang, und als der Mond im Abnehmen war, wurde ich des Treibens müde und wanderte durch die Straßen der Stadt und gelangte zum Hain ihres Gottes. Schweigend wandelten die Priester in ihren gelben Gewändern dahin unter den grünen Bäumen, und auf einem Pflaster aus schwarzem Marmor erhob sich das rosenrote Haus, in dem der Gott seine Wohnung hatte. Seine Tore waren mit gestäubtem Lack bedeckt, und in erhabener Arbeit prangten darauf Stiere und Pfaue aus glänzendem Gold. Das Dach deckten Ziegel von meergrünem Porzellan, und die vorspringenden Traufen waren mit Glöckchen behangen. Wenn die weißen Tauben vorüberflogen, schlugen sie mit ihren Flügeln an die Glöckchen und ließen sie klingeln.
Vor dem Tempel war ein Teich von klarem Wasser, mit geädertem Onyx gepflastert. Ich legte mich daneben hin, und mit meinen bleichen Fingern berührte ich die breiten Blätter. Einer der Priester kam auf mich zu und blieb hinter mir stehen. An den Füßen hatte er Sandalen, eine aus weicher Schlangenhaut, die andere aus Vogelgefieder. Auf seinem Kopf trug er eine Mitra aus schwarzem Filz, geschmückt mit silbernen Mondsicheln. In

siebenfältigem Gelb war sein Gewand gewoben, und sein gekräuseltes Haar war mit Antimon gefärbt.
Und nach einer kleinen Weile redete er mich an und fragte mich nach meinem Begehr.
Ich sagte ihm, mein Begehren wäre, den Gott zu sehen.
›Der Gott ist auf der Jagd‹, sprach der Priester und blickte mich mit seinen schmalen, schrägen Augen seltsam an.
›Sag mir, in welchem Wald, und ich will mit ihm reiten‹, antwortete ich.
Er kämmte mit seinen langen, gespitzten Nägeln durch die weichen Fransen seiner Tunika. ›Der Gott schläft‹, murmelte er.
›Sag mir, auf welchem Lager, und ich will bei ihm wachen‹, erwiderte ich.
›Der Gott ist beim Festmahl‹, rief er.
›Ist der Wein süß, so will ich mit ihm trinken, und ist er bitter, so will ich gleichfalls mit ihm trinken‹, war meine Antwort.
Staunend neigte er den Kopf, faßte mich an der Hand, half mir auf und führte mich in den Tempel hinein.
Und in der ersten Kammer sah ich ein Götzenbild auf einem Thron aus Jaspis sitzen, besetzt mit großen, glänzenden Perlen. Es war aus Ebenholz ge-

schnitzt, und seine Gestalt war gleich der Gestalt eines Mannes. Auf seiner Stirn leuchtete ein Rubin, und dickflüssiges Öl tropfte von seinem Haar nieder auf seine Schenkel. Seine Füße waren gerötet vom Blut eines frisch geschlachteten Zickleins, seine Lenden gegürtet mit einem Kupfergürtel, der mit sieben Beryllen besetzt war.

Und ich sprach zu dem Priester: ›Ist das der Gott?‹, und er antwortete: ›Das ist der Gott.‹

›Zeig mir den Gott‹, rief ich, ›oder ich werde dich gewißlich töten.‹ Und ich berührte seine Hand, und sie verdorrte.

Und der Priester flehte mich an und sprach: ›Möge mein Herr seinen Diener heilen, und ich will ihm den Gott zeigen.‹ Da blies ich mit meinem Atem auf seine Hand, und sie ward wieder heil, und er erzitterte und führte mich in die zweite Kammer, und ich sah ein Götzenbild auf einem Lotus aus Jade stehen, behängt mit großen Smaragden. Es war aus Elfenbein geschnitzt, und seine Gestalt war doppelt so groß wie die Gestalt eines Mannes. Auf seiner Stirn glänzte ein Chrysolith, und seine Brüste waren mit Myrrhen und Zimt gesalbt. In einer Hand hielt es ein gebogenes Zepter aus Jade, in der anderen einen runden Kristall. Es stand auf Kothurnen aus Messing, und von seinem dicken Nacken wand sich ein Kranz von Seleniten.

Und ich sprach zu dem Priester: ›Ist das der Gott?‹, und er antwortete mir: ›Das ist der Gott.‹

›Zeig mir den Gott‹, schrie ich, ›oder ich werde dich gewißlich töten.‹ Und ich berührte seine Augen, und sie waren blind.

Und der Priester flehte mich an und sprach: ›Möge mein Herr seinen Diener heilen, und ich will ihm den Gott zeigen.‹

Da blies ich mit meinem Atem über seine Augen, und das Gesicht kam ihm zurück; er erzitterte wieder und führte mich in die dritte Kammer, und siehe! dort war kein Götzenbild, noch ein Bild von anderer Art, sondern nur ein runder Spiegel aus Metall auf einem steinernen Altar.

Und ich sprach zu dem Priester: ›Wo ist der Gott?‹

Und er antwortete mir: ›Es gibt keinen Gott außer diesem Spiegel, den du siehst, denn dies ist der Spiegel der Weisheit. Und er spiegelt alle Dinge wider, die im Himmel und auf Erden sind, ausgenommen allein das Antlitz dessen, der in ihn hineinblickt. Dies allein spiegelt er nicht wider, auf daß er, der hineinblickt, weise sei. Viele andere Spiegel sind hier, doch sie sind nur Spiegel der Meinungen. Dieser allein ist der Spiegel der Weisheit. Und die diesen Spiegel besitzen, sind allwissend, und nichts bleibt ihnen verborgen. Und die ihn nicht besitzen, haben auch keine Weisheit. Deshalb ist er der Gott, und wir beten ihn an.‹ Und ich blickte in den Spiegel, und es war, wie er mir gesagt hatte. Und ich tat etwas Seltsames; doch was es war, ist nicht wichtig, denn in einem Tal, nur eine Tagesreise von hier, habe ich den Spiegel der Weisheit verborgen. Laß mich nur wieder in dich ein und dein Diener sein, und du sollst weiser sein als alle Weisen, und alle Weisheit soll dein sein. Laß mich nur wieder in dich eingehen, und keiner wird so weise sein wie du.«

Aber der junge Fischer lachte. »Liebe ist besser als Weisheit«, rief er, »und die kleine Meerjungfer liebt mich.«

»Nein, nichts ist besser als Weisheit«, sagte die Seele.

»Die Liebe ist besser«, antwortete der junge Fischer und tauchte hinab in die Tiefe, und die Seele ging weinend weg über die Marschen davon.

Und als das zweite Jahr vorüber war, kam die Seele herab ans Gestade des Meeres und rief den jungen Fischer, und er stieg empor aus der Tiefe und sagte: »Was rufst du mich?«
Und die Seele antwortete: »Komm näher, auf daß ich mit dir rede, denn ich habe wunderbare Dinge gesehen.«
Da kam er näher und lagerte sich im seichten Wasser und stützte den Kopf in die Hand und lauschte.
Und die Seele sagte zu ihm: »Als ich dich verließ, wandte ich mein Antlitz nach Süden und wanderte. Aus dem Süden kommt alles, was kostbar ist. Sechs Tage wanderte ich über die Landstraßen, die zu der Stadt Aschter führen, über die staubigen, rötlichen Landstraßen wanderte ich, wo die Pilger ziehen, und am Morgen des siebenten Tages erhob ich meine Augen, und siehe! die Stadt lag zu meinen Füßen, denn sie liegt in einem Tal.
Neun Tore führen in diese Stadt, und vor jedem Tor steht ein bronzenes Roß, das wiehert, wenn die Beduinen niedersteigen von den Bergen. Die Mauern sind mit Kupfer gepanzert, die Wacht-

türme auf den Wällen mit Messing überdacht. In jedem Turm steht ein Bogenschütze mit einem Bogen in der Hand. Bei Sonnenuntergang stößt er in ein hürnenes Horn.
Als ich die Stadt betreten wollte, hielten die Wachen mich auf und fragten mich, wer ich sei. Ich gab zur Antwort, ich sei ein Derwisch und auf dem Weg nach der Stadt Mekka, wo man einen grünen Schleier habe, worauf in silbernen Lettern von der Hand der Engel der Koran gestickt wäre. Von Staunen erfüllt, forderten sie mich auf einzutreten.
Drinnen war es wie in einem Basar. Wahrlich, du hättest mit mir sein sollen. Über den engen Gassen flattern bunte Papierlaternen gleich großen Schmetterlingen. Wenn der Wind über die Dächer bläst, steigen und fallen sie wie farbige Seifenblasen. Auf Seidenteppichen sitzen die Kaufleute vor ihren Buden. Sie haben glatte, schwarze Bärte, und ihre Turbane sind mit goldenen Zechinen bedeckt, und lange Schnüre von Bernstein und geschnitzten Pfirsichkernen gleiten durch ihre kühlen Finger. Einige von ihnen verkaufen Galbanum und Narde, und seltsames Räucherwerk von den Inseln des Indischen Meeres, und das dickflüssige Öl der roten Rosen, und Myrrhe und kleine, nagelförmige Nelken. Bleibt einer stehen, um mit ihnen

zu sprechen, so werfen sie Weihrauchkörner auf ein Kohlenbecken und machen damit die Luft süß. Ich sah einen Syrer, der in seinen Händen einen Stab hielt, dünn wie ein Schilfrohr. Graue Rauchfäden stiegen davon auf, und sein Geruch, da er brannte, war wie der Duft von rosa Mandelblüten im Frühling. Andere verkaufen silberne Armreifen, über und über besetzt mit milchigblauen Türkisen, und Knöchelreifen aus Messingdraht, mit kleinen Perlen gesäumt, und in Gold gefaßte Tigeraugen, und die Klauen jener güldenen Katze, des Leoparden, gleichfalls in Gold gefaßt, und Ohrringe aus durchbohrtem Smaragd, und Fingerringe aus gehöhlter Jade. Aus den Teehäusern steigt der Klang der Gitarre, und die Opiumraucher mit ihren weißen, lächelnden Gesichtern blikken heraus auf die Vorübergehenden.

Wahrlich, du hättest mit mir sein sollen. Mit ihren Ellbogen bahnen die Weinverkäufer sich den Weg durch die Menge, große schwarze Schläuche auf ihren Schultern. Die meisten von ihnen verkaufen den Wein aus Schiraz, der so süß ist wie Honig. Sie schenken ihn aus in kleinen metallenen Näpfen und streuen Rosenblätter darauf. Auf dem Marktplatz stehen die Obsthändler, die alle Arten von Früchten feilbieten: reife Feigen mit ihrem aufbrechenden purpurnen Fleisch, Melonen, nach

Moschus duftend und gelb wie Topase, Zitronen und Rosenäpfel und Trauben von weißem Wein, runde, rotgoldene Orangen und ovale Limonen von grünem Gold. Einmal sah ich einen Elefanten vorübergehen. Sein Rüssel war mit Zinnober und Gelbwurz bemalt, und über seine Ohren spannte sich ein Netz von karmesinfarbenen seidenen Schnüren. Gegenüber einer der Buden hielt er an und begann, die Orangen zu fressen, und der Händler lachte nur. Du kannst dir nicht vorstellen, was für ein seltsames Volk das ist. Wenn sie fröhlich sind, gehen sie zu den Vogelhändlern und kaufen einen gefangenen Vogel im Käfig und lassen ihn frei, auf daß ihre Freude noch größer werde, und wenn sie traurig sind, geißeln sie sich selber mit Dornen, auf daß ihre Trauer sich nicht mindere.

Eines Abends begegnete ich Negern, die eine schwere Sänfte durch den Basar trugen. Sie war aus vergoldetem Bambus gemacht, und die Tragstangen waren aus zinnoberrotem Lack, mit Pfauen aus Messing beschlagen. Vor den Fenstern hingen dünne Vorhänge aus Musselin, bestickt mit Käferflügeln und feinen Staubperlen, und als die Sänfte vorüberzog, sah eine bleiche Zirkassierin heraus und lächelte mir zu. Ich folgte der Sänfte, und die Neger blickten finster und beschleunigten ihre Schritte. Doch das kümmerte mich nicht. Ich fühlte, wie eine große Neugier über mich kam.

Endlich verhielten sie vor einem würfelförmigen weißen Haus. Es hatte keine Fenster, nur eine kleine Pforte, wie der Eingang zu einer Gruft. Sie setzten die Sänfte nieder und klopften dreimal mit einem kupfernen Hammer. Ein Armenier in einem Kaftan aus grünem Leder spähte heraus, und da er sie erblickte, öffnete er und breitete einen Teppich auf den Boden, und die Frau stieg aus der Sänfte. Als sie hineinging, wandte sie sich um und lächelte mir abermals zu. Nie hatte ich jemanden gesehen, der so bleich war.

Als der Mond aufging, kehrte ich an denselben Ort zurück und hielt Ausschau nach dem Haus, aber es war nicht mehr da. Als ich das sah, wußte ich, wer die Frau war, und warum sie mir zugelächelt hatte.

Wahrlich, du hättest mit mir sein sollen. Beim Fest des Neuen Mondes trat der junge Kaiser heraus aus seinem Palast und ging in die Moschee, um zu beten. Sein Haar und Bart waren mit Rosenblättern gefärbt, und seine Wangen mit feinem Goldstaub gepudert. Die Flächen seiner Füße und Hände waren gelb von Safran.

Bei Sonnenaufgang schritt er heraus aus seinem Palast in einem Gewand aus Silber, und bei Sonnenuntergang kehrte er in einem Gewand aus Gold dahin zurück. Das Volk warf sich auf die Erde und verbarg sein Gesicht, aber ich verhielt mich nicht ebenso. Ich stand neben der Bude eines Dattelverkäufers und wartete. Als der Kaiser mich erblickte, hob er seine bemalten Brauen und hielt an. Ich stand ganz ruhig und erwies ihm keine Huldigung. Die Leute erstaunten über meine Verwegenheit und rieten mir, aus der Stadt zu fliehen. Ich beachtete sie nicht, sondern ging hin und setzte mich zu den Verkäufern fremder Götter, die man um ihres Gewerbes willen verabscheut. Als ich ihnen erzählte, was ich getan hatte, gab mir jeder von ihnen einen Gott und bat mich, sie zu verlassen.

Diese Nacht, da ich in dem Teehaus in der Straße der Granatäpfel auf einem Kissen lag, traten des Kaisers Wachen ein und führten mich zum Palast. Als ich eintrat, schlossen sie jedes Tor hinter mir zu und legten eine Kette davor. Drinnen war ein großer Hof, um den ein Arkadengang lief. Die Mauern waren aus weißem Alabaster, hier und dort mit blauen und grünen Ziegeln eingelegt. Die Pfeiler waren aus grünem Marmor, das Pflaster aus Marmor in der Farbe von Pfirsichblüten. Nie zuvor hatte ich Ähnliches gesehen.

Da ich über den Hof ging, sahen zwei verschleierte

Frauen von einem Balkon herab und verwünschten mich. Die Wachen hasteten vorwärts, und die Schäfte ihrer Lanzen hallten auf dem blanken Boden. Sie öffneten ein Tor aus geschnitztem Elfenbein, und ich fand mich in einem wohlbewässerten, in sieben Terrassen ansteigenden Garten. Er war bepflanzt mit Tulpen und Mondblumen und silberdurchwirkten Aloen. Wie ein schlankes Schilfrohr aus Kristall hing ein Springbrunnen in der schwärzlichen Luft. Die Zypressen glichen ausgebrannten Fackeln. Auf einer von ihnen sang eine Nachtigall.

Am Ende des Gartens stand ein kleiner Pavillon. Als wir uns ihm näherten, traten zwei Eunuchen heraus und kamen uns entgegen. Ihre fetten Leiber schwappten beim Gehen, und mit ihren gelblidrigen Augen blickten sie mich neugierig an. Der eine von ihnen zog den Hauptmann der Wache beiseite und flüsterte ihm mit leiser Stimme etwas zu. Der andere kaute schmatzend duftende Pastillen, die er mit einer gezierten Geste einer ovalen Dose aus lila Email entnahm.

Nach wenigen Augenblicken entließ der Hauptmann der Wache die Soldaten. Sie gingen zurück zum Palast; langsam folgten ihnen die Eunuchen, die im Vorübergehen süße Maulbeeren von den Bäumen pflückten. Einmal wandte der ältere der beiden sich um und lächelte mir zu mit einem üblen Lächeln.

Dann winkte mich der Hauptmann der Wache zum Eingang des Pavillons. Ohne Zittern schritt ich vorwärts, schlug den schweren Vorhang zur Seite und trat ein.

Der junge Kaiser ruhte ausgestreckt auf einem Lager aus gegerbten Löwenfellen, und ein Gerfalke hockte auf seinem Handgelenk. Hinter ihm stand ein Nubier mit einem Turban aus Messing, nackt bis zu den Hüften und mit schweren Ohrringen in seinen gespaltenen Ohren. Auf einem Tisch neben dem Ruhebett lag ein mächtiger Türkensäbel aus Stahl.

Als der Kaiser mich erblickte, runzelte er die Stirn und sagte zu mir: ›Was ist dein Name? Weißt du nicht, daß ich der Kaiser dieser Stadt bin?‹ Aber ich gab ihm keine Antwort.

Er deutete mit seinem Finger auf den Türkensäbel, und der Nubier ergriff ihn, stürzte vorwärts und hieb nach mir mit großer Gewalt. Die Klinge zischte durch mich hindurch und tat mir keinen Schaden. Der Mann fiel der Länge nach auf den Boden, und als er aufstand, klapperten seine Zähne vor Entsetzen, und er verbarg sich hinter dem Lager.

Der Kaiser sprang auf, riß eine Lanze aus einem

Waffenständer und schleuderte sie auf mich. Ich fing sie in ihrem Flug und zerbrach den Schaft in zwei Teile. Er schoß nach mir mit einem Pfeil, aber ich hob meine Hände empor, und der Pfeil stand mitten in der Luft still. Da zückte der Kaiser einen Dolch aus einem Gürtel aus weißem Leder und bohrte ihn dem Nubier in den Hals, daß der Sklave seine Schmach nicht verriete. Der Mann krümmte sich wie eine zertretene Schlange, und roter Schaum troff von seinen Lippen.
Kaum war er tot, wandte sich der Kaiser zu mir, und nachdem er mit einem kleinen Mundtuch aus bestickter purpurfarbener Seide sich den glänzenden Schweiß von der Stirn gewischt hatte, sprach er: ›Bist du ein Prophet, daß ich dir kein Leid tun kann, oder der Sohn eines Propheten, daß ich dich nicht zu verwunden vermag? Ich bitte dich, verlaß meine Stadt noch diese Nacht, denn solange du in ihr weilst, bin ich nicht länger ihr Herr.‹
Und ich antwortete ihm: ›Um die Hälfte deines Schatzes will ich gehen. Gib mir die Hälfte deines Schatzes, und ich will von hinnen ziehen.‹
Er nahm mich bei der Hand und führte mich hinaus in den Garten. Als der Hauptmann der Garde mich sah, erstaunte er sehr. Als die Eunuchen mich erblickten, schlotterten ihre Knie, und sie fielen in Furcht zu Boden.

Im Palast gibt es eine Kammer mit acht Wänden aus rotem Porphyr und einer messinggeschuppten Decke, die mit Lampen behangen ist. Der Kaiser berührte eine der Wände, und sie öffnete sich, und wir schritten einen Gang hinunter, der von vielen Fackeln erhellt war. In den Nischen zur Linken und zur Rechten standen große Weinkrüge, bis zum Rand gefüllt mit Silberstücken. Als wir die Mitte des Ganges erreicht hatten, sprach der Kaiser das Wort aus, das nicht genannt werden darf, und von einer geheimen Feder bewegt, sprang eine granitene Tür auf, und er legte die Hände vor das Gesicht, daß seine Augen nicht geblendet würden.

Du kannst nicht ermessen, was dieser für ein herrlicher Ort war. Da waren ungeheure Schildkrötenschalen voll mit Perlen, und gehöhlte Mondsteine von seltener Größe, überhäuft von roten Rubinen. In Koffern aus Elefantenhaut war das Gold gelagert und der Goldstaub in ledernen Flaschen. Da waren Opale und Saphire, jene in Schalen von Kristall, diese in Schalen von Jade. Runde grüne Smaragde reihten sich auf feinen Platten von Elfenbein, und in einer Ecke lehnten seidene Beutel, die einen gefüllt mit Türkisen, die anderen mit Beryllen. Aus Füllhörnern von Elfenbein quollen purpurfarbene Amethyste, aus Füllhörnern von Messing Chalzedone und Karneole. Die Pfeiler aus Zedernholz waren mit Schnüren von gelben Luchssteinen behangen. In flachen, ovalen Schilden lagen Karfunkel, weinfarbene und solche von der Farbe des Grases. Und doch habe ich dir erst ein Zehntel von dem beschrieben, was dort war.

Und als der Kaiser die Hände vom Gesicht genommen hatte, sprach er zu mir: ›Dies ist mein Schatzhaus, und die Hälfte von dem, was darin ist, sei dein, wie ich es dir versprochen habe. Und ich will dir Kamele geben und Kameltreiber, und sie sollen tun, wie du ihnen heißt, und deinen Teil des Schatzes an jeden Ort der Welt bringen, wohin du auch ziehen möchtest. Und das soll noch heute nacht geschehen, denn ich will nicht, daß der Gott der Sonne, der mein Vater ist, in meiner Stadt einen Mann erblickt, den ich nicht töten kann.‹

Ich aber erwiderte ihm: ›Das Gold, das hier ist, ist dein, und auch das Silber ist dein, und dein sind die kostbaren Juwelen und die wertvollen Dinge. Denn ich selber bedarf ihrer nicht. Nichts will ich von dir nehmen als den kleinen Ring, den du am Finger deiner Hand trägst.‹

Und der Kaiser runzelte die Stirn. ›Es ist nur ein Ring aus Blei‹, rief er, ›und er hat keinen Wert. Nimm deshalb die Hälfte meines Schatzes und gehe aus meiner Stadt.‹

›Nein‹, antwortete ich, ›ich will nichts nehmen als nur diesen Ring aus Blei, denn ich weiß, was darin geschrieben steht und zu welchem Zweck.‹

Und der Kaiser erzitterte und flehte mich an und sprach: ›Nimm den ganzen Schatz und gehe aus meiner Stadt. Auch die Hälfte, die mein ist, soll noch dir gehören.‹

Und ich tat etwas Seltsames, doch was ich tat, ist nicht wichtig, denn in einer Höhle, die nur eine Tagesreise von hier ist, habe ich den Ring der Reichtümer verborgen. Es ist nur eine Tagesreise von hier, und er erwartet dein Kommen. Er, der den Ring hat, ist reicher als alle Könige der Welt. Komm daher und nimm ihn, und die Reichtümer der Welt sollen dein sein.«

Aber der junge Fischer lachte. »Liebe ist besser als Reichtum«, rief er, »und die kleine Meerjungfer liebt mich.«

»Nein, nichts ist besser als Reichtum«, sagte die Seele.

»Die Liebe ist besser«, antwortete der junge Fischer, und er tauchte hinab in die Tiefe, und die Seele ging weinend über die Marschen davon.

Und da das dritte Jahr vorüber war, kam die Seele herab ans Gestade des Meeres und rief den jungen Fischer, und er stieg herauf aus der Tiefe und sagte: »Weshalb rufst du mich?«

Und die Seele antwortete: »Komm näher, auf daß ich mit dir rede, denn ich habe wunderbare Dinge gesehen.«

Da kam er näher, lagerte sich im seichten Wasser, stützte den Kopf in die Hand und lauschte.

Und die Seele sprach zu ihm: »In einer Stadt, die ich kenne, steht eine Schenke am Ufer des Flusses. Dort saß ich mit Matrosen, die von zwei verschiedenfarbenen Weinen tranken und Gerstenbrot aßen und kleine gesalzene Fische, die auf Lorbeerblättern mit Essig gereicht wurden. Und als wir da saßen und fröhlich waren, da trat zu uns ein alter Mann, der trug einen Teppich aus Leder und eine Laute mit zwei Schnecken aus Bernstein. Und als er den Teppich auf den Boden gebreitet hatte, schlug er mit einem Federkiel die Drahtsaiten seiner Laute, und ein Mädchen mit verschleiertem Gesicht lief herein und begann, vor uns zu tanzen. Ihr Gesicht war mit einem Schleier von Gaze verhangen, doch ihre Füße waren nackt. Nackt waren ihre Füße, und sie schwebten über den Teppich wie kleine weiße Tauben. Nie habe ich etwas so Herrliches gesehen, und die Stadt, in der sie tanzt, ist nur eine Tagesreise von hier.«

Als nun der junge Fischer diese Worte seiner Seele vernahm, fiel ihm ein, daß die kleine Meerjungfer keine Füße hatte und nicht tanzen konnte. Und ein großes Verlangen überkam ihn, und er sprach bei sich selber: »Es ist nur eine Tagesreise von hier, und ich kann zu meiner Liebsten zurückkehren«, und er lachte und stand auf in dem seichten Wasser und schritt zum Ufer.

Und als er das trockene Ufer erreicht hatte, lachte er wieder und breitete die Arme seiner Seele entgegen. Und seine Seele stieß einen lauten Freudenschrei aus und lief auf ihn zu und ging in ihn ein, und vor sich auf den Sand hingeworfen sah der junge Fischer jenen Schatten des Leibes, der der Leib der Seele ist.

Und seine Seele sprach zu ihm: »Laß uns nicht säumen, sondern uns sogleich aufmachen, denn die Meeresgötter sind eifersüchtig und haben Ungeheuer, die ihrem Geheiß folgen.«

Sie eilten also von hinnen und zogen die ganze Nacht dahin unter dem Mond, und den ganzen nächsten Tag wanderten sie dahin unter der

Sonne, und am Abend dieses Tages kamen sie zu einer Stadt.

Und der junge Fischer sprach zu seiner Seele: »Ist das die Stadt, in der sie tanzt, von der du mir gesagt hast?«

Und seine Seele antwortete ihm: »Es ist nicht diese Stadt, sondern eine andere. Dennoch laß uns hineingehen.«

Sie gingen also hinein und wanderten durch die Straßen, und als sie durch die Straße der Juweliere kamen, sah der junge Fischer eine schöne Silberschale in einer Bude ausgestellt. Und seine Seele sprach zu ihm: »Nimm diese Silberschale und verbirg sie.«

Da nahm er die Schale und verbarg sie in den Falten seiner Tunika, und sie verließen eilends die Stadt.

Und nachdem sie sich eine Wegstunde von der Stadt entfernt hatten, runzelte der junge Fischer die Stirn und schleuderte die Schale von sich und sprach zu seiner Seele: »Warum hießest du mich, diese Schale zu nehmen und zu verbergen, da dies doch übel gehandelt war?«

Aber seine Seele erwiderte ihm: »Sei ruhig, sei ruhig!«

Und am Abend des zweiten Tages kamen sie zu einer Stadt, und der junge Fischer sprach zu seiner

Seele: »Ist das die Stadt, in der sie tanzt, von der du mir gesagt hast?«

Und seine Seele antwortete: »Es ist nicht diese Stadt, sondern eine andere. Dennoch laß uns hineingehen.«

Sie gingen also hinein und wanderten durch die Straßen, und als sie durch die Straße der Sandalenverkäufer kamen, sah der junge Fischer neben einem Wasserkrug ein Kind stehen. Und seine Seele sprach zu ihm: »Ohrfeige dieses Kind.« Da ohrfeigte er das Kind, bis es weinte, und als er das getan hatte, verließen sie eilends die Stadt.

Und nachdem sie sich eine Wegstunde von der Stadt entfernt hatten, da wurde der junge Fischer zornig und sprach zu seiner Seele: »Warum hießest du mich dieses Kind ohrfeigen, da dies doch übel gehandelt war?«

Aber seine Seele erwiderte ihm: »Sei ruhig, sei ruhig.«

Und am Abend des dritten Tages kamen sie zu einer Stadt, und der junge Fischer sprach zu seiner Seele: »Ist das die Stadt, in der sie tanzt, von der du mir gesagt hast?«

Und seine Seele antwortete ihm: »Es kann sein, daß es diese Stadt ist, laß uns hineingehen.«

Also betraten sie die Stadt und wanderten durch

die Straßen, aber nirgends konnte der junge Fischer den Fluß finden, noch die Schenke, die an seinem Ufer stand. Und die Bewohner der Stadt blickten ihn neugierig an, und er begann, sich zu fürchten, und sprach zu seiner Seele: »Laß uns weiterziehen, denn sie, die mit weißen Füßen tanzt, ist nicht hier.«

Doch seine Seele versetzte: »Nein, laß uns noch verweilen, denn die Nacht ist finster, und es werden Räuber auf dem Weg sein.« Da setzte er sich hin auf den Marktplatz und rastete, und nach einer Weile kam ein Kaufmann vorüber, der sich in einen Umhang aus Tatarentuch gehüllt hatte und auf der Spitze eines knotigen Rohres eine Laterne trug, die aus durchbrochenem Horn war. Und der Kaufmann sprach zu ihm: »Was sitzest du hier auf dem Marktplatz, da die Buden geschlossen und die Ballen verschnürt sind?«

Und der junge Fischer antwortete ihm: »Ich kann keine Herberge finden in dieser Stadt, noch habe ich Vetter oder Bruder, der mir Obdach gäbe.«

»Sind wir nicht alle Brüder?« versetzte der Kaufmann. »Hat nicht ein Gott uns alle geschaffen? Daher komme mit mir, denn ich habe Raum für einen Gast.«

Da erhob sich der junge Fischer und folgte dem Kaufmann zu seinem Haus. Und als er durch einen Garten mit Granatäpfelbäumen geschritten war und das Haus betreten hatte, brachte der Kaufmann ihm Rosenwasser in einem kupfernen Becken, daß er sich die Hände wasche, und reife Melonen, daß er seinen Durst stille, und stellte eine Schale voll Reis und ein Stück gebratenen Zickleins vor ihn hin.

Und nachdem er sein Mahl beendet hatte, führte der Kaufmann ihn ins Gastzimmer und hieß ihn schlafen und wohl ruhen. Und der junge Fischer dankte ihm und küßte den Ring, der an seiner Hand war, und legte sich nieder auf die Teppiche aus gefärbtem Ziegenhaar. Und nachdem er sich mit einer Decke aus schwarzer Schafwolle zugedeckt hatte, fiel er in Schlaf.

Und drei Stunden vor der Morgendämmerung, da es noch Nacht war, weckte ihn seine Seele und sprach zu ihm: »Erhebe dich und geh ins Zimmer des Kaufmanns, in das Zimmer, darin er schläft, und erschlage ihn, und nimm ihm sein Gold, denn wir können es wohl gebrauchen.«

Und der junge Fischer erhob sich und schlich zum Zimmer des Kaufmanns, und quer über den Füßen des Kaufmanns lag ein krummes Schwert, und auf dem Tisch neben dem Kaufmann lagen neun Börsen voll Gold. Und er streckte seine Hand aus und griff nach dem Schwert, und als er es berührte, fuhr der Kaufmann zusammen und erwachte, sprang auf und griff selber nach dem Schwert und rief dem jungen Fischer zu: »Vergiltst du so Gutes mit Üblem und zahlst mit Blutvergießen für die Güte, die ich dir erwies?«

Und seine Seele sagte zu dem jungen Fischer: »Schlag ihn!« Und er schlug den Kaufmann derart, daß diesem die Sinne vergingen, und der junge Fischer ergriff die neun Börsen voll Gold und floh hastig durch den Granatäpfelgarten und wandte sein Antlitz nach jenem Stern, der der Stern des Morgens ist.

Und als sie sich eine Wegstunde von der Stadt entfernt hatten, da schlug sich der junge Fischer an die Brust und sprach zu seiner Seele: »Warum hießest du mich den Händler schlagen und sein Gold stehlen? Wahrlich, du bist von Übel.« Aber seine Seele erwiderte ihm: »Sei ruhig, sei ruhig.«

»Nein«, rief der junge Fischer, »ich will nicht ruhig sein, denn ich hasse alles, was du mich tun ließest. Auch dich hasse ich, und ich bitte dich, mir zu sagen, warum du so mit mir umgehst.«

Und seine Seele gab ihm zur Antwort: »Als du mich in die Welt hinausstießest, gabst du mir kein Herz; so lernte ich alle diese Dinge tun und mich daran erfreuen.«

»Was sagst du da?« murmelte der junge Fischer.

»Du weißt es«, versetzte seine Seele, »du weißt es wohl. Hast du vergessen, daß du mir kein Herz gabst? Ich glaube kaum. Und nun quäle weder dich selber noch mich, sondern sei ruhig, denn da ist kein Schmerz, den du nicht geben, noch ein Vergnügen, das du nicht empfangen sollst.« Und als der junge Fischer diese Worte hörte, zitterte er und sagte zu seiner Seele: »Nein, du bist von Übel, hast mich meine Liebste vergessen lassen, mich mit Versuchungen versucht und meinen Fuß den Pfad der Sünde geführt.«

Und seine Seele antwortete ihm: »Du hast es nicht vergessen, daß du mir kein Herz gabst, als du mich in die Welt hinaussandtest. Komm, laß uns in eine andere Stadt ziehen und lustig sein, denn wir haben neun Börsen voll Gold.«

Aber der junge Fischer nahm die neun Börsen voll Gold und warf sie auf die Erde und trat sie unter seine Füße.

»Nein«, rief er, »nein, ich will nichts mit dir zu schaffen haben, noch will ich irgendwohin mit dir gehen; sondern wie ich dich zuvor von mir stieß, also will ich dich auch jetzt verstoßen, denn du hast mir nichts als Unheil gebracht.« Und er wandte seinen Rücken dem Mond zu, und mit dem kleinen Messer, dessen Griff aus grüner Natternhaut war, versuchte er, von seinen Füßen jenen Schatten des

Leibes wegzuschneiden, der der Leib der Seele ist.

Doch seine Seele wich nicht von ihm, noch achtete sie seines Gebotes, sondern sprach zu ihm: »Der Zauber, den die Hexe dich lehrte, hilft dir nichts mehr, denn ich kann dich nicht verlassen, noch kannst du mich von hinnen senden. Einmal in seinem Leben kann der Mensch seine Seele fortsenden, aber der seine Seele wieder bei sich aufnimmt, muß sie von nun an bei sich behalten, und das ist seine Strafe und sein Lohn.«

Und der junge Fischer erbleichte und ballte die Hände und schrie: »Sie war eine falsche Hexe, daß sie mir das nicht gesagt hat.«

»Das war sie nicht«, antwortete seine Seele, »sie war nur Ihm treu, den sie anbetet und dessen Magd sie immer sein wird.«

Und da nun der junge Fischer wußte, daß er seine Seele nie wieder loswerden konnte und daß sie eine böse Seele war und immer bei ihm wohnen würde, da fiel er zu Boden und weinte bitterlich.

Und als es Tag geworden, erhob sich der junge Fischer und sprach zu seiner Seele: »Ich werde meine Hände binden, daß ich deinem Geheiß nicht Folge leiste, und meine Lippen schließen, daß ich nicht deine Worte spreche, und an den Ort zurückkehren, wo sie ihre Wohnung hat, die ich liebe. Sogleich will ich zum Meer zurückkehren und in die kleine Bucht, wo sie zu singen pflegte, und ich will nach ihr rufen und ihr das Übel bekennen, das ich getan habe, und das Übel, das du über mich gebracht hast.«

Und seine Seele versuchte ihn und sagte: »Wer ist deine Liebste, daß du zu ihr zurückkehren solltest? Die Welt hat viele, die schöner sind als sie. Da sind Tänzerinnen von Samaris, die tanzen in der Art der Vögel und der vierbeinigen Tiere. Ihre Füße sind mit Henna gefärbt, und in ihren Händen haben sie kleine kupferne Schellen. Sie lachen, während sie tanzen, und ihr Lachen ist so hell wie das Lachen des Wassers. Komm mit mir, und ich will sie dir zeigen. Denn was ist es, was dich an der Sünde ängstigt? Ist, was vergnüglich ist zu essen, nicht gemacht für den Esser? Ist Gift in dem Ge-

tränk, das süß ist zu trinken? Ängstige dich nicht, sondern komm mit mir in eine andere Stadt. Nahe von hier ist eine kleine Stadt, darin steht ein Garten von Tulpenbäumen. Und in diesem anmutigen Garten hausen weiße Pfauen und Pfauen mit blauer Brust. Wenn sie in der Sonne ihre Räder schlagen, so sind sie wie Scheiben von Elfenbein und wie Scheiben von Gold. Und die sie füttert, tanzt zu ihrer Lust, und manchmal tanzt sie auf den Händen und ein anderes Mal auf den Füßen. Ihre Augen sind mit Antimon gefärbt, und ihre Nasenflügel sind wie die Schwingen einer Schwalbe. Von einem Häkchen aus ihrer Nase hängt eine Blume herab, und die ist aus einer Perle geschnitzt. Während sie tanzt, lacht sie, und die silbernen Spangen rund um ihre Knöchel klingeln wie silberne Glocken. Betrübe dich also nicht länger, sondern komm mit mir in diese Stadt.«
Aber der junge Fischer gab seiner Seele keine Antwort, sondern verschloß seine Lippen mit dem Siegel des Schweigens; mit einer straffen Schnur band er seine Hände, und so reiste er zurück an den Ort, von dem er gekommen war, bis zu jener kleinen Bucht, wo seine Liebste zu singen pflegte. Und wieder und wieder versuchte ihn seine Seele, während sie wanderten, aber er gab ihr keine Antwort, noch tat er etwas von all dem Bösen, das sie

ihn tun hieß, so groß war die Macht der Liebe, die in ihm war.

Und als er das Gestade des Meeres erreicht hatte, da löste er den Strick von seinen Händen und nahm das Siegel des Schweigens von seinen Lippen und rief nach der kleinen Meerjungfer. Aber sie kam nicht auf seinen Ruf, obwohl er den ganzen Tag nach ihr rief und flehte.

Und seine Seele verhöhnte ihn und sprach: »Du hast wahrlich nicht viel Freude an deiner Liebe. Du bist wie einer, der zur Zeit der Dürre Wasser schöpft mit einem zerbrochenen Gefäß. Du gibst hin, was du hast, und nichts wird dir dafür gegeben. Es wäre besser für dich, du kämst mit mir, denn ich weiß, wo das Tal der Lust liegt und welche Dinge dort getan werden.« Aber der junge Fischer gab seiner Seele keine Antwort, sondern baute sich in einer Felsenkluft eine Hütte aus Flechtwerk und verweilte hier ein volles Jahr. Und jeden Morgen rief er nach der Meerjungfer, und jeden Mittag rief er wieder nach ihr, und am Abend nannte er ihren Namen. Doch niemals stieg sie herauf aus der See, um ihn zu sehen, und an keinem Ort des Meeres konnte er sie finden, obgleich er in den Höhlen und im grünen Wasser nach ihr suchte, in den Wassern der Gezeiten und in den Brunnen am Grund des Meeres.

Und immer wieder versuchte ihn seine Seele mit Übel und raunte ihm von gräßlichen Dingen. Doch sie vermochte damit bei ihm nichts, so groß war die Macht seiner Liebe.

Und als das Jahr vorüber war, da dachte die Seele in ihm: »Ich habe meinen Herrn mit Übel versucht, und seine Liebe ist stärker als ich. Nun will ich ihn mit Gutem versuchen, und es mag sein, daß er dann mit mir kommt.«

So redete sie also den jungen Fischer an und sprach: »Ich habe dir von den Freuden der Welt erzählt, und du hast mir ein taubes Ohr geliehen. Laß mich dir nun vom Leid der Welt berichten, vielleicht daß du mir Gehör gibst. Denn das Leid ist in Wahrheit Herr dieser Welt, und keiner ist, der seinem Netz entschlüpft. Den einen fehlt es an Kleidern, den anderen an Brot. Witwen gibt es, die schreiten in Purpur einher, und andere, die gehen in Fetzen. Hin und her auf den Mooren gehen die Aussätzigen, und sie sind grausam gegeneinander. Die Bettler ziehen die Landstraßen auf und ab, und ihre Ranzen sind leer. Durch die Straßen der Stadt schleicht die Hungersnot, und vor ihren Toren hockt die Pest. Komm, laß uns hingehen und den Jammer lindern und dem Elend abhelfen. Was sollst du hier verweilen und nach deiner Liebsten rufen, da sie doch nicht kommt auf deinen

Ruf? Und was ist die Liebe, daß du ihr so hohen Wert zuerkennst?« Aber der junge Fischer gab ihr keine Antwort, so groß war die Macht seiner Liebe. Und jeden Morgen rief er nach der Meerjungfer, und jeden Mittag rief er wieder nach ihr, und am Abend nannte er ihren Namen. Doch niemals stieg sie herauf aus der See, um ihn zu sehen, und an keinem Ort des Meeres konnte er sie finden, obgleich er nach ihr suchte in den Strömen der See und in den Tälern, die unter den Wogen sind, im Meer, das die Nacht purpurn färbt, und im Meer, das die Morgendämmerung grau hinter sich läßt.

Und als das zweite Jahr vorüber war, sprach die Seele des Nachts zu dem jungen Fischer, da er allein saß in seiner Hütte aus Flechtwerk: »Siehe! Nun habe ich dich mit Bösem versucht, und ich habe dich mit Gutem versucht, und deine Liebe ist stärker als ich. Ich will dich deshalb nicht länger versuchen, sondern dich bitten, du mögest mich einlassen in dein Herz, auf daß ich eins werde mit dir wie zuvor.«

»Du bist in meinem Herzen willkommen«, erwiderte der junge Fischer. »Denn in den Tagen, da du ohne Herz durch die Welt gingst, magst du wohl viel gelitten haben.«

»Ach!« rief die Seele, »ich kann keine Stelle für

einen Eingang finden, so ganz umschlossen von Liebe ist dein Herz.«

»Und doch wollte ich, ich könnte dir helfen«, antwortete der junge Fischer.

Und als er das sagte, da erklang vom Meer her ein lauter Schmerzensschrei, jener Schrei, den die Menschen hören, wenn jemand vom Meervolk gestorben ist. Und der junge Fischer sprang auf und verließ sein geflochtenes Haus und stürzte hinunter ans Ufer. Und die schwarzen Wogen kamen eilends ans Ufer gerollt und führten mit sich eine Last, die weißer war als Silber. Weiß wie die Brandung war sie, und wie eine Blume trieb sie auf den Wogen. Und die Brandung entriß sie den Wogen, und der Schaum entriß sie der Brandung, und das Gestade empfing sie, und zu seinen Füßen liegend erblickte der junge Fischer den Leib der kleinen Meerjungfer. Tot lag sie zu seinen Füßen.

Weinend wie einer, den der Schmerz zu Boden drückt, warf er sich an ihrer Seite nieder und küßte das kalte Rot des Mundes und spielte mit dem feuchten Bernstein des Haares. An ihrer Seite warf er sich hin auf den Sand und weinte wie jemand, der vor Lust erschauert, und in seinen braunen Armen drückte er sie an seine Brust. Kalt waren die Lippen, und doch küßte er sie. Salz war der Honig des Haares, doch er kostete ihn mit bitterer Freude. Er küßte die geschlossenen Augenlider, und der wilde Gischt, der auf den Hügeln ihrer Augen lag, war weniger salzig als seine Tränen.

Und dem toten Leib beichtete er. In die Muscheln ihrer Ohren goß er den herben Wein seiner Geschichte. Er legte die kleinen Hände um seinen Nacken, und mit seinen Fingern berührte er das zarte Rohr des Halses. Bitter, bitter war seine Freude, und voll fremdartiger Freude war sein Schmerz.

Die schwarze See kam näher, und der weiße Schaum ächzte wie ein Aussätziger. Mit weißen Tatzen aus Schaum griff die See ans Ufer. Aus dem Palast des Meerkönigs kam wieder der Schrei der Trauer, und weit draußen auf dem Meer bliesen die großen Tritonen heiser auf ihren Hörnern.

»Flieh hinweg«, sprach seine Seele, »denn siehe, näher und näher rollt die See, und wenn du säumst, wird sie dich verderben. Fliehe, denn ich fürchte mich, weil deiner großen Liebe wegen dein Herz vor mir verschlossen ist. Flieh hinweg an einen sicheren Ort. Du willst mich doch nicht ohne Herz in eine andere Welt senden wollen?«

Aber der junge Fischer hörte nicht auf seine Seele, sondern rief die kleine Meerjungfer an und sprach:

»Liebe ist besser als Weisheit und kostbarer als Reichtum und schöner als die Füße der Menschentöchter. Feuer kann sie nicht zerstören, noch Wasser sie löschen. In der Morgendämmerung rief ich dich, und du kamst nicht auf meinen Ruf. Der Mond hörte deinen Namen, doch du schenktest mir kein Gehör. Zum Bösen hatte ich dich verlassen, und zu meinem eigenen Schmerze war ich fortgegangen. Jedoch immer war deine Liebe bei mir, und immer war sie stark, und nichts kam gegen sie auf, ob ich auf Übles sah oder auf Gutes. Und nun, da du tot bist, nun will ich wahrlich mit dir sterben.«

Und seine Seele beschwor ihn, aufzubrechen, aber er wollte nicht, so groß war seine Liebe. Und die See kam näher und suchte ihn mit ihren Wogen zu bedecken, und als er sah, daß das Ende nahe war, küßte er mit irren Lippen die kalten Lippen der Meerjungfer, und sein Herz brach, da fand die Seele einen Eingang und ging hinein und war eins mit ihm wie zuvor. Und die See bedeckte den jungen Fischer mit ihren Wogen.

Und am Morgen ging der Priester hinaus, um das Meer zu segnen, denn es war stürmisch gewesen. Und mit ihm gingen die Mönche und die Musikanten und die Kerzenträger und die Weihrauchschwinger und eine große Gesellschaft.

Und als der Priester das Ufer erreichte, da sah er den jungen Fischer ertrunken in der Brandung liegen, und in seinen Armen lag der Leib der kleinen Meerjungfer. Und erzürnt wandte er sich ab und machte das Zeichen des Kreuzes und rief laut und sprach: »Ich will das Meer nicht segnen, noch irgend etwas, das darin ist. Verflucht sei das Meervolk und verflucht seien alle, die mit ihm Umgang treiben. Und was ihn anlangt, der um der Liebe willen Gott verließ und hier liegt mit seiner Buhle, erschlagen von Gottes Urteil – nehmt auf seinen Leichnam und den Leichnam seiner Buhle und begrabt sie in der Ecke des Schindangers und setzt kein Mal darauf, noch ein Zeichen von irgendeiner Art, auf daß keiner den Ort ihrer Ruhe wisse. Denn verflucht waren sie zu ihren Lebzeiten, und verflucht sollen sie auch in ihrem Tode sein.«

Und die Leute taten, wie er sie geheißen, und in der Ecke des Schindangers, wo keine süßen Kräuter wachsen, gruben sie eine tiefe Grube und legten die toten Leiber hinein.

Und als das dritte Jahr vorüber war, an einem Tag, der ein heiliger Tag war, ging der Priester hinauf zur Kapelle, daß er dem Volk die Wunden des Herrn zeige und zu ihnen spreche von Gottes Zorn.

Und als er, in seine Gewänder gekleidet, eintrat

und sich vor dem Altar neigte, da sah er, daß der Altar mit fremdartigen Blumen bedeckt war, wie man sie niemals zuvor gesehen hatte. Seltsam waren sie anzuschauen und von eigenartiger Schönheit, und ihre Schönheit verwirrte ihn, und ihr Duft war süß in seiner Nase, und er war froh und wußte nicht, warum.

Und als er den Tabernakel geöffnet und die Monstranz darin beweihräuchert und die schöne Hostie dem Volk gezeigt und sie wieder hinter dem Schleier der Schleier verborgen hatte, begann er, zum Volk zu sprechen, und er wollte ihm sagen von Gottes Zorn. Aber die Schönheit der weißen Blumen verwirrte ihn, und ihr Duft war süß in seiner Nase, und ein anderes Wort kam auf seine Lippen, und er sprach nicht von Gottes Zorn, sondern von dem Gott, dessen Name Liebe heißt. Und warum er so sprach, wußte er nicht.

Und als er seine Predigt geendet hatte, da weinten die Leute, und der Priester ging zurück in seine Sakristei, und seine Augen waren voll Tränen. Und die Diakone traten herein und begannen, ihn zu entkleiden, und nahmen ihm die Alba und den Gürtel ab, die Manipel und die Stola. Und er stand da wie im Traum.

Und da sie ihm die Kleider abgenommen hatten, blickte er sie an und sprach: »Was sind das für Blu-

men, die auf dem Altar stehen, und woher kommen sie?«
Und sie antworteten ihm: »Was das für Blumen sind, können wir nicht sagen, aber sie kommen von der Ecke des Schindangers.«
Und der Priester erzitterte und kehrte ein in sein Haus und betete.
Und am Morgen, da es noch dämmerte, ging er hinaus mit den Mönchen und den Musikanten, den Kerzenträgern und den Weihrauchschwingern und einer großen Gesellschaft und gelangte ans Gestade des Meeres und segnete das Meer und alle die wilden Geschöpfe, die darin sind. Auch die Faune segnete er und die kleinen Geschöpfe, die im Wald tanzen, und die Wesen mit den glänzenden Augen, die zwischen den Blättern herausspähen. Alle Lebewesen in Gottes Welt segnete er, und die Leute waren erfüllt von Freude und Staunen. Doch niemals wieder blühten in der Ecke des Schindangers Blumen von irgendeiner Art, sondern das Feld blieb unfruchtbar wie zuvor. Und auch das Meervolk kam nicht mehr in die Bucht wie früher, denn es zog in einen anderen Teil der See.

Vita Sackville-West

Eine Frau unterwegs nach Teheran
Reiseerzählungen
Aus dem Englischen von Irmela Erckenbrecht
Band 11295

Die Herausforderung
Roman
Aus dem Englischen von Irmela Erckenbrecht
Mit einem Vorwort von Nigel Nicolson
Band 10655

Schloß Chevron
Roman
Aus dem Englischen von
Käthe Rosenberg und Hans B. Wagenseil
Band 5880

Der Teufel von Westease
Roman
Aus dem Englischen von V. C. Harksen
Band 9142

Weg ohne Weiser
Roman
Aus dem Englischen von Ingeborg Stricker
Band 5048

Zwölf Tage in den Bakhtiari-Bergen
Eine Reiseerzählung
Aus dem Englischen von Irmela Erckenbrecht
Band 9141

Fischer Taschenbuch Verlag

fi 840 / 3

Englische Literatur

Bruce Chatwin
Auf dem schwarzen Berg
Roman. Aus dem Englischen von Anna Kamp
Band 10294

Margaret Forster
Christabel
Roman. Aus dem Englischen von Dietlind Kaiser
Band 11315

B. S. Johnson
Christie Malrys Doppelte Buchführung
Roman. Aus dem Englischen von Michael Walter
Band 11370

Patrick McGrath
Wasser und Blut
Erzählungen. Aus dem Englischen von Brigitte Walitzek
Band 11642

Vita Sackville-West
Die Herausforderung
Roman. Aus dem Englischen von Irmela Erckenbrecht
Band 10655

Jeanette Winterson
Verlangen
Roman. Aus dem Englischen von Bettina Runge
Band 11716

Bruce Chatwin

Auf dem schwarzen Berg
Roman. Aus dem Englischen von Anna Kamp
Band 10294

Bruce Chatwins erster Roman – er wurde mit dem Whitbread-Preis ausgezeichnet und von der literarischen Kritik als Meisterwerk gefeiert – ist ein eigenartig schönes, auf den ersten Blick fast ein wenig altmodisch anmutendes Buch über eine Landschaft, ihre Stimmungen und Charaktere, ihre poetische und ihre handfeste Wirklichkeit, über ihre Menschen; es handelt von der Vergänglichkeit, der Frage des Wesentlichen und der Gelassenheit.

Traumpfade
Roman. Aus dem Englischen von Anna Kamp
Band 10364

Traumpfade, Songlines: das sind die unsichtbaren labyrinthischen Wege, die den australischen Kontinent durchziehen und entlang derer, so will es der Schöpfungsmythos der Ureinwohner, die Ahnen wanderten und mit ihren Liedern die Welt erschlossen. Chatwin geht diesen Fußspuren nach in seinem Reisebuch, das Abenteuergeschichte, Ideenroman, Satire auf den Fortschrittswahn, geistige Autobiographie und romantische Komödie zugleich ist.

Utz
Roman. Aus dem Englischen von Anna Kamp
Band 10363

»Mit seinem kunstvoll konstruierten kleinen Roman erzählt Chatwin nicht nur die geistreiche Geschichte eines Sonderlings, sondern verrät viel über Lebenskünste in einer vom Lauf der Dinge gezeichneten Welt.«

Frankfurter Rundschau